花开了，就像花睡醒了似的。

鸟飞了，就像鸟上天了似的。

虫子叫了，就像虫子在说话似的。

一切都活了。

都有无限的本领，要做什么，就做什么。

要怎么样，就怎么样。都是自由的。

矮瓜愿意爬上架就爬上架，

愿意爬上房就爬上房。

黄瓜愿意开一个谎花，就开一个谎花，

愿意结一个黄瓜就结一个黄瓜。

——萧红

文字里的花花草草
笔墨下的花鸟鱼虫
在这里相遇
没有地域、文化、呈现方式的隔阂
一切都是鲜活的
美丽着，自由地
一切都有意思
生命就该这样，要怎么样，就怎么样

我家有一个大花园，
这花园里蜂子，蝴蝶，蜻蜓，蚂蚱，样样都有。
蝴蝶有白蝴蝶，黄蝴蝶。
这种蝴蝶极小，不大好看。
好看的是大红蝴蝶，满身带着金粉。
蜻蜓是金的，蚂蚱是绿的，
蜂子则嗡嗡的飞着，满身绒毛，落到一朵花上，
胖圆圆的就和一个小毛球似的不动了。
花园里边明晃晃的，红的红，绿的绿，新鲜漂亮。

后园中有一棵玫瑰。
一到五月就开花的。
一直开到六月。
花朵和酱油碟那么大。
开得很茂盛，
满树都是，
因为花香，
招来了很多的蜂子，
嗡嗡的在玫瑰树那儿闹着。

祖父一天都在后园里边，我也跟着祖父在后园里边。
祖父戴一个大草帽，我戴一个小草帽，
祖父栽花，我就栽花，祖父拔草，我就拔草。
当祖父下种种小白菜的时候，
我就跟在后边，把那下了种的土窝，用脚一个一个的溜平，
那里会溜得准，东一脚的，西一脚的瞎闹。
有的把菜种不单没被土盖上，反而把菜子踢飞了。

采一个矮瓜花心，捉一个大绿豆青蚂蚱，把蚂蚱腿用线绑上，绑了一会，也许把蚂蚱腿就绑掉，线头上只拴了一只腿，而不见蚂蚱。

蝴蝶飞，蜻蜓飞，螳螂跳，蚂蚱跳，
大红的外国柿子都红了，
茄子青的青，紫的紫，
溜明湛亮，又肥又胖……

蝴蝶随意的飞，一会从墙头上飞来一对黄蝴蝶，一会又从墙头上飞走了一个白蝴蝶。它们是从谁家来的，又飞到谁家去，太阳也不知道这个。

六月窗子就被封满了，
而且就在窗棂上挂着滴滴都都的大黄瓜，
还有最小的小黄瓜妞儿，
头顶上还正在顶着一朵黄花还没有落呢。

小黄瓜，瘦黄瓜，胖黄瓜，

是凡在太阳下的，
都是健康的，漂亮的，
拍一拍连大树都会发响的，
叫一叫就是站在对面的土墙都会回答似的。

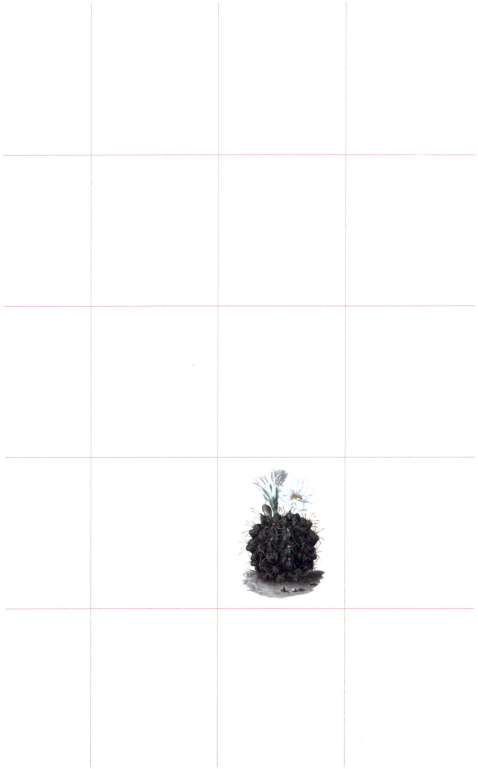

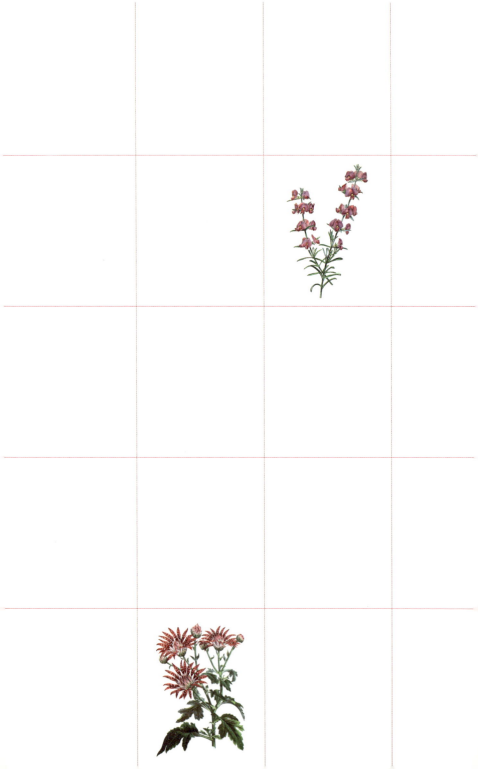

大蒎茨，那就是每年也不用种它就自己出来的。

它自己的种子，今年落在地上没有人去拾它，明年它就出来了。

这些花从来不浇水，任着风吹，任着太阳晒，

可是却越开越红，越开越旺盛，

把园子煊耀得闪眼，把六月夸奖得和水滚着那么热。

惟有落到花上，草上，叶子上，那露珠是原形不变，并且由小聚大。

大叶子上聚着大露珠，小叶子上聚着小露珠。

玉蜀黍的缨穗挂上了霜似的，毛绒绒的。

矮瓜花的中心抱着一颗大水晶球。

剑形草是又细又长的一种野草，这野草顶不住太大的露珠，

所以它的遍身都是一点点的小粒。

等到太阳一出来时，那亮晶晶的后花园无异于昨夜撒了银水了。

花开了，就像花睡醒了似的。

鸟飞了，就像鸟上天了似的。

虫子叫了，就像虫子在说话似的。

一切都活了。

都有无限的本领，要做什么，就做什么。

要怎么样，就怎么样，都是自由的。

菜田的边道，
小小的地盘，
绣着野菜

春天就像跑着似的那么快。
好像人能够看见似的，
春天从老远的地方跑来了，
跑到这个地方，
只向人的耳朵吹一句小小的声音
"我来了呵"，
而后很快的就跑过去了。

矮瓜秧往往会爬到墙头上去，
而后从墙头它出去了，
出到院子外边去了，
就向着大街，
这矮瓜蔓上开了一朵大黄花。

三月的原野已经绿了，

像地衣那样绿，

透出在这里，那里。

世上的路是无尽头的，谁能把世上的路走尽？！

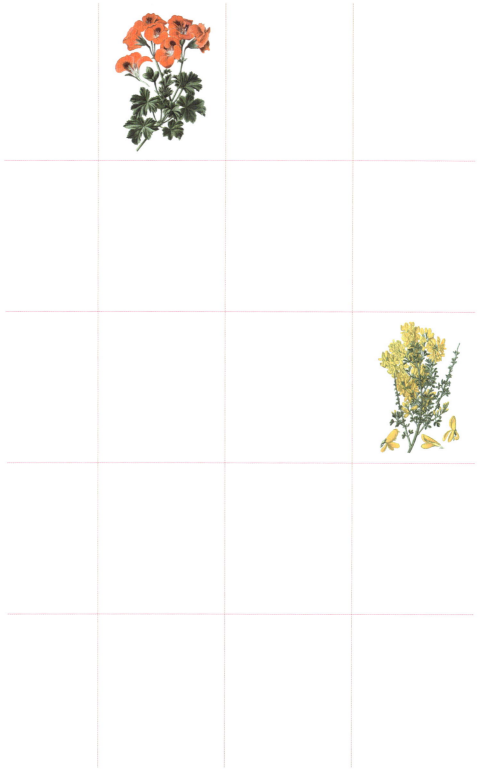

蒲公英发芽了，
羊咩咩的叫，
乌鸦绕着杨树林子飞。
天气一天暖似一天，
日子一寸一寸的都有意思，
杨花满天照的飞，像棉花似的。

黄瓜，会爬蔓子的，
于是就在磨房的窗棂上开了花，
而且巧妙的结~果子。
在朝露里那样嫩弱的须蔓的梢头，
好像淡绿色的玻璃抽成的，
不敢去触，
一触非断不可的样子。

窗外的树风唱着幽静的曲子……

下了雨，
那蒿草的梢上都冒着烟，
雨本来下得不很大，
若一看那蒿草，
就像那雨下得特别大似的。
下了毛毛雨，
那蒿草上就迷漫得朦朦胧胧的，
像是已经来了大雾，
或者像是要变天了，
好像是下了霜的早晨，
混混沌沌的，
在蒸腾着白烟。

年青的时候，
谁还不是一棵小树似的，
盼着自己往大了长，
好像有多少黄金在前边等着。

迎面的菜花都开了，满野飘着香气……

春，好像它不知道多么忙迫，
好像无论什么地方都在招呼它。
假若它晚到一刻，
太阳会变色的，
大地会干成石头，
尤其是树木，
那真是好像再多一刻工夫也不能忍耐。
假若春天稍稍在什么地方留连了一下，
就会误了不少的生命。

矮瓜愿意爬上架就爬上架，
愿意爬上房就爬上房。
黄瓜愿意开一个谎花，就开一个谎花，
愿意结一个黄瓜就结一个黄瓜。
若都不愿意，就是一个黄瓜也不结，
一朵花也不开，也没有人问它似的。
玉米愿意长多高就长多高，
他若愿意长上天去，也没有人管。

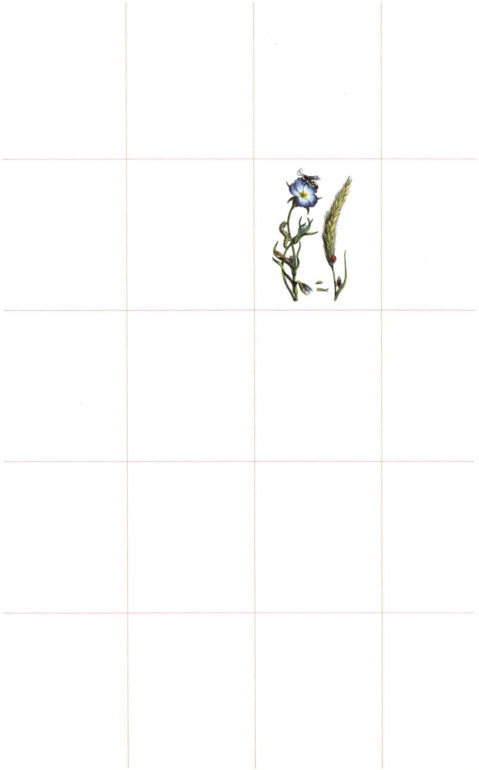

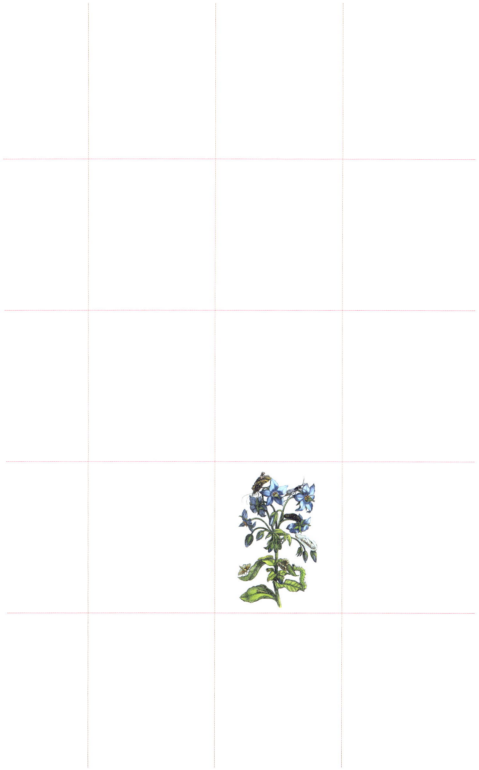

房顶的草上长着青苔，远看去，一片绿，很是好看！

下了雨，房顶上就出蘑菇，

人们就上房采蘑菇，就好像上山去采蘑菇一样，一采采了很多。

秋天了，没有夏天那么鲜艳，但是到处飘着香气。高粱成熟了，大豆黄了秧子，野地上仍旧是红的红，绿的绿。

玉蜀黍的缨子刚刚才苗芽，就各色不同，
好比女人绣花的丝线夹子打开了，
红的绿的，深的浅的，
干净得过分了，简直不知道它为什么那样干净，
不知怎样它才那样干净的……